AF293956

Analyse de l'œuvre

Par Cécile Perrel et Lucile Lhoste

La Chartreuse de Parme

de Stendhal

Rendez-vous sur lepetitlitteraire.fr et découvrez :

Plus de 1200 analyses
Claires et synthétiques
Téléchargeables en 30 secondes
À imprimer chez soi

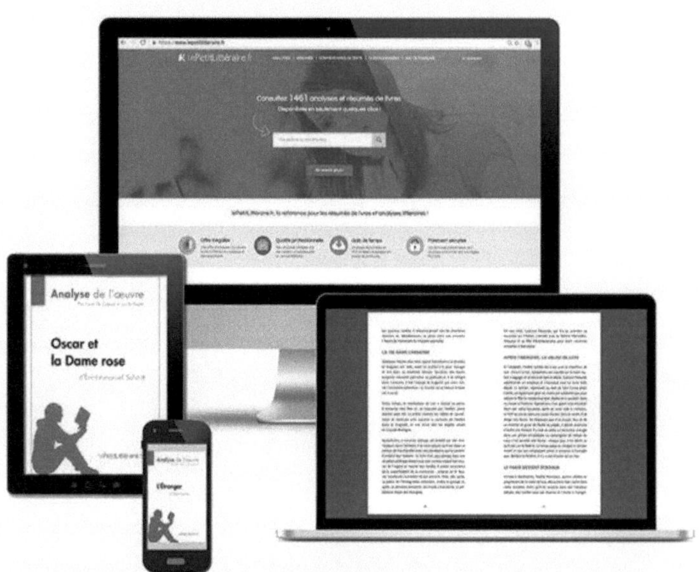

STENDHAL

ÉCRIVAIN ET CRITIQUE D'ART FRANÇAIS

- **Né en 1783 à Grenoble**
- **Décédé en 1842 à Paris**
- **Quelques-unes de ses œuvres :**
  - *Vanina Vanini* (1829), nouvelle
  - *Le Rouge et le Noir* (1830), roman
  - *Vie de Henry Brulard* (1835-1836), autobiographie

Stendhal, de son vrai nom Henri Beyle, provient d'une famille bourgeoise. À Paris, sous le Directoire, les débats d'idées le passionnent et aiguisent son esprit critique. Rejoignant l'armée de Napoléon Bonaparte (empereur français, 1769-1821), il découvre l'Italie et l'Allemagne grâce aux campagnes militaires. Après 1815, il devient critique d'art à Milan et compose des ouvrages touristiques qu'il signe de son pseudonyme.

Dès 1830, Louis-Philippe (roi de France, 1773-1850) le nomme consul de France à Trieste (Italie), puis à Civitavecchia (Italie). Il y complète ses romans majeurs (*Le Rouge et le Noir* et *La Chartreuse de Parme*) ainsi qu'une autobiographie (*Vie d'Henry Brulard*). Une crise d'apoplexie le terrasse en mars 1841 à Paris. Il meurt l'année suivante, laissant nombre de manuscrits inachevés.

LA CHARTREUSE DE PARME

L'ITALIE DU XIXᵉ SIÈCLE

- **Genre :** roman
- **Édition de référence :** *La Chartreuse de Parme*, Paris, Flammarion, coll. « GF », n° 1424, 2009, 687 p.
- **1ʳᵉ édition :** 1839
- **Thématiques :** amour, apprentissage, histoire, jeunesse, héroïsme, ambition, bataille de Waterloo

La Chartreuse de Parme raconte l'histoire d'un jeune Italien, Fabrice del Dongo, rêvant d'une grande carrière militaire pleine de gloire. Fervent admirateur de Napoléon, il s'engage aux côtés de l'empereur lors de la bataille de Waterloo (1815), mais la défaite française le force à revenir dans son pays où, sur les conseils de sa tante, il choisit une carrière ecclésiastique. D'abord amoureux de cette tante charismatique, il succombe finalement aux charmes de Clélia Conti, la fille du gouverneur de la prison où il est enfermé pour meurtre.

Cette œuvre, relativement peu connue jusqu'au début du XXe siècle, lui valut pourtant cette phrase de Balzac (écrivain français, 1799-1850) : « Je regarde l'auteur de *La Chartreuse de Parme* comme un des meilleurs écrivains de notre époque. » (DE BALZAC H. (dir.), *La Revue parisienne. Juillet-septembre 1840*, Genève, Slatkine Reprints, 1840, p. 82)

RÉSUMÉ

CHAPITRES I – VI

Le 15 mai 1796, Napoléon Bonaparte entre dans Milan, ville italienne jusque-là sous le joug autrichien. Les Français sont logés chez l'habitant et un officier, le lieutenant Robert, élit domicile chez le marquis del Dongo. Commence alors une romance entre le militaire français et la marquise del Dongo, la femme de son hôte. De cette idylle nait Fabrice, qui sera considéré comme le fils cadet du marquis.

À partir de 1800, la famille del Dongo décide de s'installer dans son château de Grianta, sur les rives du lac de Côme (Italie), où Fabrice passe sa jeunesse, bercé par les souvenirs de la grandeur napoléonienne. Ces souvenirs sont notamment entretenus par sa tante, Gina Pietranera, pour laquelle il éprouve un grand attachement et qui habite chez le marquis, son frère, depuis la mort de son mari. Fabrice trouve en la personne de l'abbé Blanès, chargé de faire son instruction, un père de substitution.

Ayant appris l'évasion de Napoléon de l'ile d'Elbe (Italie) et sa tentative de retour, Fabrice décide de se mettre à son service. Il rejoint l'armée napoléonienne le jour de la bataille de Waterloo. Il ne comprend cependant rien aux combats et son accent italien le rend suspect aux yeux des soldats. Il y rencontre également par hasard son père biologique, le lieutenant Robert, mais les deux hommes ne se reconnaissent pas.

NAPOLÉON BONAPARTE

Napoléon Ier est consul, roi d'Italie et premier empereur des Français, de 1804 à 1814 puis quelques mois en 1815. Connu pour ses exploits militaires et sa carrière politique, il est entre autres à l'origine du Code civil, du baccalauréat et de la construction des deux arcs de triomphe de Paris. Héritant d'une France dans un état déplorable après son coup d'État en 1799, il s'active pour lui redonner une aura politique et économique. De manière générale, son influence sur la politique française est immense.

Malgré des victoires éclatantes en Italie et en Autriche, Napoléon estime commettre une erreur en initiant une campagne en Espagne (1808-1809). Celle-ci se révèle être un échec. Les guerres napoléoniennes signent de lourdes pertes humaines : la bataille de la Bérézina (1812), même si c'est une victoire, entraine de nombreux morts côté français. Trois ans plus tard, la défaite de Napoléon à Waterloo signe la fin de ses exploits militaires : il n'a plus d'armées et, isolé, est arrêté et déporté par les Britanniques sur l'ile de Sainte-Hélène, dans l'Atlantique, où il meurt en 1821.

La chute définitive de Napoléon pousse Fabrice jusqu'en France. Il est en effet dans l'impossibilité de rentrer en Italie, son frère l'ayant dénoncé comme étant à la solde de Napoléon, ce qui est considéré comme un acte de trahison dans une Italie dominée par les Autrichiens.

Gina est attristée par l'exil forcé de son neveu. Elle fait la connaissance du comte Mosca, ministre du prince de Parme (Italie). Une relation amoureuse se tisse entre eux, mais Gina se marie avec le duc Sanseverina, suivant les vœux de Mosca. En effet, le comte étant marié et Gina veuve, ce mariage leur permet de se voir dans le respect des bons usages.

Nommé premier ministre, Mosca propose à Gina de faire revenir Fabrice en Italie. Mais, pour cela, le jeune homme doit embrasser une carrière ecclésiastique, sa carrière militaire ayant été compromise par ses faits d'armes auprès de Napoléon. Le jeune homme accepte et part étudier la théologie à Naples. Il projette de devenir le futur archevêque de Parme. Gina devient quant à elle l'une des femmes les plus en vue de la Cour.

CHAPITRES VII – XX

Quatre années passent. Fabrice, qui a terminé ses études et est devenu archevêque, rentre à Parme où il fait à la fois la rencontre du prince, de la princesse, de leur fils et de l'archevêque qui le prend en affection.

Un jour, Fabrice se rend au théâtre et tombe sous le charme d'une actrice, Marietta Valserra. Malheureusement, celle-ci a déjà un amant officiel, Giletti, un homme terriblement jaloux et violent. Lors d'un combat provoqué par Giletti, Fabrice le tue et se retrouve obligé de fuir. Condamné par contumace (la sentence est prononcée en l'absence de l'accusé au procès), Fabrice est contraint à une vie d'errance.

Malgré les intrigues menées par Gina pour empêcher l'arrestation de son neveu, Fabrice est arrêté et enfermé dans la tour Farnèse, au sein de la citadelle de Parme, dont le gouverneur est le général Fabio Conti. Celui-ci a une fille, Clélia, dont le charme ne laisse pas Fabrice indifférent. Comme les fenêtres de la jeune fille donnent sur la cellule de Fabrice, tous deux communiquent et finissent par s'avouer leur amour.

Les adversaires de Gina et de Mosca à la Cour cherchent à leur nuire et ont décidé pour cela de toucher Fabrice. Gina, qui craint que son neveu ne soit tué dans sa prison, décide de le faire évader avec l'aide de Clélia. La fuite de Fabrice est une réussite.

CHAPITRES XXI – XXVIII

Lors d'une promenade en forêt sur ses terres, Gina fait la rencontre de Ferrante Palla, un médecin et poète bien connu en Italie. Amoureux fou de la jeune femme, Palla se met à son service.

Désormais libre, Fabrice n'est cependant pas heureux, car il est séparé de Clélia qui a accepté, selon les désirs de son père, d'épouser le marquis Crescenzi.

Le prince meurt soudain, à la suite d'une maladie. Mais Palla n'est sans doute pas innocent dans son décès : Gina n'a jamais pardonné au souverain la condamnation et l'emprisonnement de son neveu, et a probablement demandé à Palla de l'assassiner.

Gina reprend la route de Parme avec Fabrice et est nommée à un poste honorifique par le nouveau prince, Ernest-Ranuce IV. Profitant du fait qu'il est éperdument amoureux d'elle, elle obtient de lui la mise en place d'un nouveau procès pour Fabrice. Fou de joie, le jeune homme se livre à la citadelle afin d'avoir le bonheur de revoir Clélia. Mais, dans ces lieux, il est à nouveau sous la menace d'un assassinat, ce qui conduit au limogeage du général Conti. Fabrice réussit cependant à rencontrer Clélia et leur amour est toujours aussi fort.

Pourtant, la jeune fille se marie avec Crescenzi. Déclaré innocent lors de son nouveau procès, mais désespéré par le mariage de la femme qu'il aime, Fabrice décide de mener une vie d'ascète et commence à être connu comme un grand prédicateur. Cependant, un jour, Clélia accepte de rencontrer Fabrice et lui avoue qu'elle l'aime encore.

Désormais veuf, le comte Mosca épouse Gina dont le mari est mort quelques années auparavant.

Trois années passent pendant lesquelles Fabrice et Clélia se voient fréquemment. De cette liaison nait Sandrino. Le décès prématuré de l'enfant fait mourir de chagrin Clélia. Désespéré, Fabrice se réfugie alors dans la chartreuse de Parme où il ne tarde pas à mourir. Gina, brisée par le décès de son neveu, meurt à son tour.

ÉTUDE DES PERSONNAGES

FABRICE

Fabrice Valserra del Dongo est le second fils du marquis et de la marquise del Dongo, du moins officiellement puisque son véritable père est un officier français de l'armée napoléonienne. Il ne rencontre par hasard ce dernier qu'une seule fois, lors de la bataille de Waterloo, mais ils ne se reconnaissent pas.

Fabrice passe son enfance et son adolescence entouré de femmes (sa mère, ses sœurs et principalement sa tante), sans présence masculine, hormis celle de l'abbé Blanès, le curé du village, à qui le marquis a confié l'éducation de son fils.

Depuis qu'il est tout petit, sa vie est bercée par les récits des exploits de Napoléon. Aussi, devenu jeune homme, Fabrice rêve-t-il de suivre l'exemple de l'empereur. Mais, fougueux, rêveur, naïf et mal préparé à la réalité de la vie, Fabrice va de désillusion en désillusion. Ne sachant quelle voie choisir, il se laisse finalement pousser dans une carrière ecclésiastique, mais sans la moindre volonté. Il suit la route que sa tante et le comte Mosca ont tracée pour lui et qui le mène au poste prestigieux d'archevêque de Parme.

Très attaché à sa tante, il pense un moment en être amoureux. Mais son inconstance le jette dans les bras d'une petite actrice dont il est contraint, par légitime défense, de tuer l'amant officiel. C'est finalement auprès de Clélia Conti qu'il trouve le véritable amour. Pourtant, cet amour est impossible : l'habit que porte Fabrice ne lui permet pas de relations amoureuses et, de plus, Clélia est promise à un riche noble de la cour de Parme. Les deux jeunes gens vivent tout de même leur passion, dont nait un petit garçon, Sandrino. La mort prématurée de l'enfant entraine celle de ses parents.

CLÉLIA CONTI

Lorsque Fabrice la rencontre pour la première fois, Clélia a 12 ans. Il la retrouve quelques années plus tard, alors qu'il est emprisonné pour meurtre à la citadelle de Parme, dont le général

Fabio Conti, le père de Clélia, est le gouverneur. Elle est appréciée pour sa jeunesse et sa beauté à la Cour même si on trouve étrange qu'elle ne soit concernée par aucune intrigue, du moins en apparence.

C'est une jeune fille intelligente, volontaire et constante. Son amour pour Fabrice ne se dément jamais et elle favorise même son évasion au risque de compromettre son propre père. Cependant, bouleversée par son acte, elle fait la promesse de ne plus jamais revoir Fabrice. Par la suite, lors de leurs entrevues, elle use d'un subterfuge pour ne pas commettre un parjure : leurs rencontres ont lieu uniquement dans l'obscurité, elle ne le voit donc plus. Mariée selon les désirs de son père à un homme qu'elle n'aime pas, elle donne un fils à Fabrice, Sandrino. Mais elle meurt de chagrin lorsque l'enfant décède, croyant avoir provoqué la mort de son fils en ne respectant pas son vœu de ne plus voir Fabrice : elle l'a vu plusieurs fois en plein jour.

GINA

Gina est la tante de Fabrice par le père de ce dernier, ainsi qu'une figure maternelle pour son neveu dans la vie duquel elle s'implique beaucoup. Née Gina del Dongo, elle apparait sous divers noms au fil de ses mariages : comtesse Pietranera, duchesse Sanseverina, et enfin comtesse Mosca lorsqu'elle épouse son vieil amant.

C'est une très belle femme, quoique paraissant vieille pour son âge – à 13 ans, elle en parait 18 –, qui fait tourner la tête de nombreux hommes à la Cour de Parme. Elle est très intelligente et sait parfaitement manœuvrer dans le milieu mondain. Passionnée, le moindre sentiment qu'elle éprouve est excessif.

Gina a cependant une faiblesse majeure en la personne de son neveu. Elle l'adore, au point de s'ennuyer de lui lorsqu'il est absent et de développer une passion amoureuse qui gêne par moments le jeune homme. Même si Gina est une personne solaire qui illumine le quotidien de ses proches, elle finit ainsi par plonger Fabrice dans une certaine forme de malaise. Les deux personnages restent toutefois très proches tout au long de l'histoire. Mosca lui-même en devient jaloux lorsque le prince de Parme l'informe de l'intimité entre sa bienaimée et Fabrice.

Gina n'hésitera pas à multiplier les stratégies pour le salut de Fabrice : elle manipule le prince pour faire libérer son neveu, puis fournit le matériel et les explications nécessaires à son évasion de la forteresse. C'est par contre via l'un de ses stratagèmes que Fabrice est emprisonné, à cause de l'intervention de Mosca dans l'accord qu'elle passe avec le prince de Parme : c'est aussi sans doute ce qui explique sa détermination à faire libérer son neveu.

Elle sait néanmoins rester à sa place et laisser Fabrice vivre son amour pour Clélia. Cela ne l'empêche toutefois pas de rester très marquée par cette affection longuement éprouvée : même si elle est adulée, riche et a beaucoup d'amis de la haute société, elle meurt de chagrin peu de temps après le décès de Fabrice.

LE COMTE MOSCA

Tout d'abord ministre de la guerre et de la police à Parme, puis premier ministre, cet ancien officier de l'armée napoléonienne lors de la guerre d'Espagne voue lui aussi un culte à l'empereur. Il rencontre Gina assez tôt dans l'intrigue et, malgré son amour pour elle, doit attendre des années avant de l'épouser. Intelligent et puissant à la Cour, il sait, malgré quelques disgrâces passagères, se faire obéir par le prince.

Très amoureux de Gina, il l'aide dans ses projets même si l'amour qu'elle porte à son neveu provoque sa jalousie à de nombreuses reprises. C'est le seul des quatre personnages principaux qui survit à l'intrigue, la puissance et la richesse l'accompagnant à son retour à Parme.

CLÉS DE LECTURE

UN TEXTE PERSONNEL

Genèse de l'œuvre

En 1833, alors consul de France dans les États pontificaux, Stendhal découvre les archives d'une ancienne famille romaine. Parmi ces pages se trouve un ensemble de feuillets intitulé *Origine des grandeurs de la famille Farnèse*. On peut y lire les aventures d'Alexandre Farnèse (1468-1549), le futur pape Paul III, et son ascension dans la carrière ecclésiastique grâce aux intrigues de sa tante, une certaine Vandozza, ainsi qu'à ses amours avec une Romaine du nom de Cléria. Stendhal est alors persuadé de tenir des pages d'un intérêt exceptionnel et décide de s'en servir pour un nouveau roman.

Il mêle à ces archives d'autres éléments afin de produire une œuvre très personnelle : passionné par l'Italie qu'il a découverte lors de son service dans l'armée napoléonienne où il vivra plusieurs années, il en fait le lieu de l'action. Fervent admirateur de Napoléon, il prête également cette passion à son héros, Fabrice. Il intègre enfin à son œuvre le récit de la bataille de Waterloo, qui l'a profondément marqué.

Une fois son projet muri, Stendhal écrit *La Chartreuse de Parme* avec une rapidité déconcertante. Il s'enferme dans son domicile parisien le 4 novembre 1838 et dicte la totalité du roman à un secrétaire. Le tout est achevé fin décembre et parait en librairie en avril 1839.

Style et narration

Le style de Stendhal est dans cette œuvre tantôt spontané et critique (l'auteur n'a après tout que peu de recul sur l'époque qu'il décrit et est à même d'en relever les travers), tantôt lyrique quand il s'agit de se pencher sur les émois de ses personnages.

Là où le récit se distingue plutôt, c'est sur la question de la focalisation, c'est-à-dire le point de vue à partir duquel le récit est raconté. *La Chartreuse de Parme* est une œuvre particulière en ce sens qu'elle regroupe deux types de focalisation :

- la focalisation interne (ce qui signifie que les faits sont présentés selon la vision d'un personnage). Cette focalisation se déplace d'un personnage à l'autre, permettant au lecteur d'appréhender de manière réaliste les états d'âme et les sentiments de chacun des protagonistes. Ainsi, au début du roman, les faits sont présentés par le lieutenant Robert, qui raconte son entrée en Italie et la vie qu'il y a vécue pendant quelques semaines (c'est par ses yeux que le lecteur fait connaissance avec la mère de Fabrice et avec Gina), puis la focalisation se déplace, tout en restant interne, puisque le lecteur vit les évènements à travers le regard de Fabrice ;

- la focalisation zéro (le lecteur suit l'action selon le point de vue d'un narrateur extérieur à l'histoire, ici l'auteur lui-même, qui connait les pensées et les sentiments de chacun des personnages). À côté de tous ces points de vue différents qui se succèdent au fil du récit, seul celui de Stendhal, en focalisation zéro, se maintient du début à la fin. Dès l'avertissement, l'auteur se présente en maitre de l'œuvre, c'est lui qui a découvert l'histoire et qui se charge de la retranscrire pour ses lecteurs ;

- à de nombreuses reprises, ces deux focalisations interfèrent toutefois l'une avec l'autre. Il n'est pas rare de trouver des propos de Fabrice en plein milieu des propos du narrateur, sans même une séparation par des guillemets, ou, au contraire, une entrave à la restriction de champ par le narrateur. Un exemple se trouve dans les chapitres évoquant la bataille de Waterloo. Le point de vue adopté est celui de Fabrice et pourtant, ce ne peut être lui qui dit rencontrer son père biologique sur-le-champ de bataille puisqu'il ne le reconnait pas. Il y a donc incursion impromptue du narrateur là où il ne devrait pas être, puisque lui seul – en dehors bien sûr des parents de Fabrice – a accès à cette information.

Stendhal utilise donc des procédés multiples pour varier son style et sa narration. Il oscille entre spontanéité, critique et lyrisme, entre point de vue de l'un ou l'autre personnage ou celui du narrateur, parfois dans la même phrase et sans transition particulière.

Ce procédé confère à son récit une allure à la fois dense et élevée.

UN ROMAN D'APPRENTISSAGE

Le roman d'apprentissage est un roman dont le héros est, au début de l'œuvre, jeune et sans expérience. L'histoire permet de suivre son cheminement : on le voit ainsi murir, évoluer et se forger sa propre conception de la vie. Naïf au début, ses expériences et sa confrontation au monde lui apprennent la sagesse.

Né en Allemagne au XVIIIe siècle, ce genre se caractérise par une formation sur une période généralement longue – quelques années, voire quelques décennies – et une structure souvent en trois parties – années de jeunesse, années d'apprentissage et années de maitrise –, excepté chez Stendhal qui en pratique souvent deux. Dans *La Chartreuse de Parme*, les années de maitrise ne sont en effet pas véritablement explorées.

Les multiples expériences du personnage permettent ainsi à l'auteur d'émettre des réflexions et des considérations sur le monde. Au départ prétexte à des exercices de style, ce n'est qu'à partir du XIXe siècle que ce genre commence à privilégier la psychologie des personnages.

Le roman d'apprentissage a donné naissance à de nombreuses œuvres, dont certaines sont devenues des classiques de la littérature : *David Copperfield* (1849) de Charles Dickens (1812-1870) et *La Montagne magique* (1924) de Thomas Mann (écrivain allemand, 1875-1955). En France, outre les œuvres de Stendhal, on retrouve l'esprit du roman d'apprentissage dans *Le Paysan parvenu* (1734-1735) de Marivaux (écrivain français, 1688-1763), *L'Ingénu* (1767) de Voltaire (écrivain et philosophe français, 1694-1778), ou *Le Père Goriot* (1835) de Balzac.

Comme tout héros de roman d'apprentissage, Fabrice évolue en plusieurs étapes. Au début de l'histoire, il est un jeune homme oisif, peu instruit et sans aucune expérience de la vie, qui occupe ses journées à monter à cheval. Il représente le terreau idéal pour les rêves de gloire et de hauts faits militaires inspirés par Napoléon, grande idole des femmes de la famille. Apprenant la fuite de Napoléon de l'ile d'Elbe et sa tentative de retour, Fabrice décide de le rejoindre et de se mêler aux troupes impériales alors qu'il ne s'est jamais battu et qu'il ne sait même pas tenir un fusil.

Sa naïveté atteint des sommets au moment de la bataille de Waterloo lorsqu'il s'exclame : « Ah ! m'y voilà donc enfin au feu ! [...] J'ai vu le feu ! [...] Me voici un vrai militaire » (p. 108), comme si sa seule présence sur un champ de bataille faisait de lui un soldat aguerri. Mais il avoue lui-même qu'il ne comprend pas grand-chose à l'action et ose même poser cette question insensée à un officier : « Monsieur, c'est la première fois que j'assiste à la bataille [...], mais ceci est-il une véritable bataille ? » (p. 109) Fabrice connait d'ailleurs sa première vraie désillusion lors de ce combat : ce baptême du feu ruine ses espoirs de gloire militaire.

Au fil du roman, c'est l'amour qui le fait réellement grandir et qui fait de lui un homme sage. L'amour qu'il porte, ou croit porter, à l'actrice Marietta, est l'élément qui change sa vie à tout jamais. En effet, obligé, pour se défendre, de tuer Giletti, Fabrice est incarcéré et fait alors la rencontre de Clélia, qui lui inspire le véritable amour. Mais Fabrice se trouve confronté à la réalité hostile : son amour pour Clélia est en effet impossible puisqu'il est nommé archevêque et que la jeune femme est mariée.

À la fin du roman, Fabrice a compris qu'il ne pouvait modeler la réalité selon ses désirs et, plutôt que de l'affronter et de se blesser, il préfère, sagement, se réfugier dans un monastère où il finira sa vie. Il ne faut pas y voir un signe de faiblesse et de renoncement de la part du héros, mais plutôt une lucidité lui permettant de comprendre la vie, de l'accepter et d'essayer de vivre selon les choix qu'il a faits. Tout au long du roman, Fabrice a évolué, passant de la naïveté de l'adolescence à la sagesse de l'adulte, subissant toutefois des blessures inévitables.

UN DOCUMENT HISTORIQUE

Un roman historique est une œuvre qui prend place dans une période réelle de l'histoire, en y mêlant ou non des personnages ayant eux aussi réellement existé.

À ce titre, *La Chartreuse de Parme* peut être considérée comme un véritable document historique, notamment en raison de sa description de l'Italie du XIXe siècle et de sa vision de l'épopée napoléonienne – avec en point d'orgue la participation de Fabrice à la bataille de Waterloo.

Ceci ne constitue néanmoins que la base de l'histoire, le moteur des premières actions du héros : par la suite, les personnages ne font qu'évoluer dans un décor inspiré de la réalité, mais sans y correspondre tout à fait. Cependant, la destinée de Fabrice est tant conditionnée par sa confrontation au monde napoléonien, et son évolution se fait dans des lieux si fidèles à la réalité, que *La Chartreuse de Parme* s'inscrit bel et bien dans le sillage du roman historique.

Né à la fin du XVIIe siècle, le genre se popularise réellement en Europe grâce à Walter Scott (écrivain écossais, 1771-1832), considéré encore aujourd'hui comme un géant incontesté du roman historique. Dans les années qui suivent la publication de ses romans (*Waverley* [1814], *Rob Roy* [1817] ou *Ivanhoé* [1819]), plusieurs auteurs signent d'illustres œuvres : Balzac et *Les Chouans* (1829), ainsi que Théophile Gautier (écrivain et critique d'art français, 1811-1872) et *Mademoiselle de Maupin* (1836).

L'œuvre d'Alexandre Dumas (écrivain français, 1802-1870) prend également place dans l'histoire de France.

L'Italie au début du xixᵉ siècle

Le roman débute à la toute fin du xviiiᵉ siècle et se poursuit au début du xixᵉ siècle. À cette époque, l'Italie, sous la domination de l'Autriche, est composée d'une mosaïque de principautés, chaque gouvernant organisant sa propre cour et son propre gouvernement. Mais les campagnes napoléoniennes bouleversent l'ordre établi et remettent en cause la domination de l'Empire austro-hongrois.

Dans l'ensemble, la description de Stendhal est fidèle à la réalité. Le duché de Parme a d'ailleurs réellement existé et avait son indépendance.

Il faut néanmoins savoir que l'auteur a pris quelques libertés par rapport à l'histoire. En effet, Ernest-Ranuce IV n'a jamais existé et, à l'époque où se déroule le roman, Parme était gouvernée par Marie-Louise de Habsbourg Lorraine (1791-1847), fille de François II (second empereur du Saint Empire romain germanique, 1768-1835) et deuxième épouse de Napoléon.

L'épopée napoléonienne

L'épopée napoléonienne est rapidement devenue un mythe dans l'Europe du XIXe siècle et *La Chartreuse de Parme* en rend bien compte. Stendhal, qui a lui-même servi dans les troupes impériales, a toujours été impressionné par le personnage de Napoléon Bonaparte. L'ouverture du roman présente ainsi une image idéalisée de l'empereur, qui agit comme un détonateur en Italie : « Les miracles de bravoure et de génie dont l'Italie fut témoin en quelques mois réveillèrent un peuple endormi. » (p. 58)

Fabrice a été élevé dans le culte du héros par sa tante Gina et le mari de celle-ci, le comte Pietranera. Il se morfond dans le château familial, où il n'a pas sous les yeux de véritable héros : il déteste son père, à la solde des Autrichiens. L'empereur est donc la figure héroïque idéale. Fabrice va même jusqu'au don de soi en se lançant à corps perdu à la suite de Napoléon, pour des raisons qui tiennent plus à la chimère qu'à l'intelligence : « Je pars, je vais rejoindre l'Empereur, qui est aussi roi d'Italie ; il avait tant d'amitié pour ton mari ! » (p. 88), confie-t-il à sa tante en apprenant le retour de Napoléon.

La bataille de Waterloo, décrite dans le roman, est un moment fort : il s'agit de la première désillusion de Fabrice face à un monde qu'il ignore et qu'il ne comprend pas, ainsi que d'une étape historique décisive qui signe la fin du règne de Napoléon, définitivement battu.

UNE ŒUVRE ROMANTIQUE

Si *La Chartreuse de Parme* mêle les influences du roman d'apprentissage et du roman historique, elle reste avant tout une œuvre écrite durant l'époque romantique.

Le courant artistique et littéraire du romantisme, né au XVIIIe siècle en Allemagne et au XIXe siècle en France, s'est construit sur le refus du classicisme (courant littéraire des XVIIe et XVIIIe siècles, marqué par son rationalisme). S'affranchissant de la pensée rationnelle et des règles trop strictes, les auteurs se tournent vers des thèmes aussi divers que l'amour, la rêverie, la mort, l'infini, la révolte, tout en traduisant un certain « mal du siècle » (mélancolie vague et désenchantement). L'usage fréquent du « je » et la liberté prise dans le ton et le style confèrent à leurs œuvres une touche très personnelle.

Victor Hugo (écrivain français, 1802-1885) apparait comme le chef de file de ce mouvement en France grâce à son manifeste écrit dans la préface de sa pièce *Cromwell* (1827). Par la suite, le romantisme a influencé des auteurs français aussi divers et célèbres que François-René de Chateaubriand (1768-1848) avec *Les Souffrances du jeune Werther* (1774), Lamartine (1790-1869) avec son poème *Méditations* (1820), George Sand (1804-1876) avec son roman *Indiana* (1832) ou encore Alfred de Musset (1810-1857) avec son roman *La Confession d'un enfant du siècle* (1836).

La Chartreuse de Parme présente les caractéristiques principales du courant littéraire romantique, développées ci-dessous.

L'amour

L'amour romantique se distingue par son caractère idéal, mais aussi paradoxalement par sa violence, sa soudaineté et sa brutalité. Ainsi l'amour de Fabrice et Clélia est-il pur et quasi spirituel, mais leur relation soudaine est cachée parce qu'adultère et entraine de lourdes conséquences. Leur amour est alors teinté de malheur et de désespoir : Clélia ne peut plus supporter les résultats de ses actions quand leur fils meurt et le suit de peu dans la tombe. Fabrice, lui, choisit une forme de mort en se retirant du monde, avant de mourir tout à fait.

La mélancolie

Fabrice, après la désillusion militaire, ne vit plus que la vie que les autres lui choisissent. Mais au fond, il n'est pas heureux et baigne dans la mélancolie que la morne réalité lui impose. Il ne voit ni passé ni avenir dans une société où il ne peut que suivre les évènements, en ne regardant que de loin un bonheur qui lui est inaccessible.

Le rôle de la prison

Ce n'est qu'en prison, lorsqu'il peut enfin contempler l'objet de son désir, que Fabrice se sent heureux. Ce lieu, pourtant symbole d'enfermement et de malheur, devient celui où s'accomplit pleinement sa destinée romantique : il oscille entre la réalité de sa situation et l'inaccessibilité rêvée de Clélia, réalisant ainsi la dualité entre les deux dimensions de la prison d'amour romantique.

Plusieurs fois avant d'apparaitre comme un lieu concret, la prison est évoquée dans les discours des personnages comme un lieu à la fois terrible et magnifique : « Le roman tout entier joue donc de l'ambigüité de cette prévision, qui explique que la prison y soit redoutée en tant que prison, mais aussi obscurément désirée comme lieu du bonheur, de la paix, du détachement des faux biens. » (p. 666)

Une forme d'absolu

Arrivé en prison, Fabrice retrouve donc le moi qu'il se sent être : il a trouvé le bonheur sublime auquel il aspirait. Même après son évasion, les deux amants ne se reverront que dans des conditions de secret et d'interdit, comme s'ils ne dépendaient désormais que de ce lieu où leur amour est né. Mais l'amour physique, interdit, ne leur permet pas de s'épanouir. Il « ne s'accomplit vraiment que dans l'union spirituelle des deux amants, après la mort » (p. 675) : il n'y a que dans la mort qu'ils peuvent atteindre la forme d'absolu à laquelle ils rêvaient tant.

Le romantisme s'illustre surtout dans la desti-née de Fabrice et dans l'amour de celui-ci pour

Clélia : Fabrice est le parfait héros romantique, amoureux malheureux, mélancolique dès son plus jeune âge, qui ne trouve le bonheur que dans l'enfermement et la mort. Malgré tous ses efforts, il ne peut s'affranchir des malheureuses expériences humaines, et illustre ainsi à merveille le « mal du siècle » : il ne trouve finalement le bonheur que dans le néant de la mort.

LE HÉROS STENDHALIEN

Si l'on tient pour acquis que le héros d'un roman est son personnage principal, et que l'action se fait par et pour lui, Fabrice ne remplit pas totalement ce critère. En effet, nombreux sont les chapitres où il est absent, notamment lors de ses études de théologie à Naples, dont le lecteur ne sait rien. Pendant ce temps, c'est la duchesse Sanseverina, sa tante, qui tient le devant de la scène, complotant avec son amant, le comte Mosca, pour assurer un bel avenir à son neveu.

L'attitude de Stendhal par rapport à Fabrice est également intéressante. À aucun moment l'auteur ne cherche à faire paraitre son héros sympathique. On peut même affirmer qu'il n'hésite pas à le présenter comme naïf et ridicule. Ainsi, tandis que Fabrice arrive à proximité du champ de bataille de Waterloo et qu'il se retrouve face à un cadavre, « la figure de Fabrice, très pâle naturellement, prit une teinte verte fort prononcée [...] » (p. 102) Pour un homme qui, quelques minutes avant, ne demandait qu'à se battre, une telle attitude frise le ridicule. Plus loin, Stendhal affirme même : « [N]otre héros était fort peu héros en ce moment. Toutefois, la peur ne venait chez lui qu'en seconde ligne ; il était surtout scandalisé de ce bruit qui lui faisait mal aux oreilles. » (p. 107)

Stendhal cherche en fait à révéler l'égarement de son héros dans le monde réel. Alors qu'il se trouve au cœur de la guerre, le jeune homme ne pense qu'à son inconfort, sans réussir à prendre en compte l'ampleur de l'évènement auquel il assiste.

Même lorsqu'il affronte directement l'ennemi, Fabrice se montre décalé par rapport à la réalité. Armé face à un Prussien, il se décide à faire feu : « Il n'est pas à trois pas, se dit-il, mais à cette distance je suis sûr de mon coup, il suivit bien le cavalier du bout de son fusil et enfin pressa la détente ; le cavalier tomba avec son cheval.

Notre héros se croyait à la chasse [...] il courut tout joyeux sur la pièce qu'il venait d'abattre. » (p. 119-120)

Ainsi, aucune des actions de Fabrice n'est héroïque ; toutes ne sont dues qu'au hasard ou à des décisions que d'autres ont prises pour lui, comme son évasion de prison.

Si Stendhal présente dans son œuvre un héros dérisoire, naïf et inadapté au monde réel, il met cependant aussi l'accent sur son évolution – Fabrice atteint finalement la sagesse – et le lecteur finit par éprouver du respect pour lui.

Un autre héros de Stendhal présente cette inadaptation à la vie et à la société : il s'agit de Julien Sorel, dans *Le Rouge et le Noir*. Comme Fabrice, Julien hésite entre la carrière militaire et la carrière ecclésiastique, et finit par embrasser cette dernière. Comme lui encore, Julien a le cœur partagé entre deux femmes, l'une plus âgée, Mme de Rênal, et l'autre, Mathilde de La Môle, avec qui il aura un fils illégitime tout comme Fabrice avec Clélia.

LE ROUGE ET LE NOIR

Le Rouge et le Noir est le deuxième roman de Stendhal. Le héros, Julien Sorel, est fils de scieur, mais parvient à entrer dans le monde bourgeois par l'entremise de l'abbé Chélan. Il devient précepteur des enfants Rênal mais tombe également amoureux de la maitresse de maison. Repoussant ainsi les avances d'une femme de chambre, ses sentiments sont dénoncés et il doit partir pour intégrer le séminaire de Besançon. Julien devient ensuite secrétaire pour le marquis de la Mole, dont il fréquente la fille. Mais Mme de Rênal dénonce leur passion passée pour se venger de cette nouvelle liaison, et Julien lui tire dessus pour se venger. Condamné à la guillotine, il n'y échappe pas malgré les efforts de ses deux bienaimées pour le sauver, et Mme de Rênal succombe trois jours après.

Avec _La Chartreuse de Parme_, Stendhal signe un roman riche de nombreuses influences : celle du roman d'apprentissage, dont le héros évolue jusqu'à la sagesse grâce à son expérience de la vie, celle du roman historique, ancré dans la réalité italienne du début du XIXe siècle, et plus généralement celle du courant romantique. Neuf ans après Julien Sorel dans *Le Rouge et le Noir*, Fabrice, dans *La Chartreuse de Parme*, se fait à nouveau imparfait et d'abord inapte à la vie en société, avant de trouver sa voie et de se tourner vers la mort. Il est un pur héros romantique, dont la quête quasi impossible du bonheur fera le succès de Stendhal en son temps.

PISTES DE RÉFLEXION

QUELQUES QUESTIONS POUR APPROFONDIR SA RÉFLEXION...

- Pourquoi Fabrice ne peut-il tout à fait être considéré comme un héros au sens strict ? Justifiez votre réponse à l'aide d'exemples.
- Quels sont les différences et les points communs entre Clélia et Gina, les deux femmes importantes dans la vie de Fabrice ?
- En quoi l'évolution de Fabrice participe-t-elle de la structure de l'intrigue ?
- Quelle image de la religion l'auteur présente-t-il dans son roman ?
- Quels sont les éléments qui font de *La Chartreuse de Parme* un roman réaliste ?
- Peut-on dire que *La Chartreuse de Parme* est un roman historique ?
- Quelles images de la politique et du pouvoir Stendhal propose-t-il dans son roman ?
- On a parfois rapproché Clélia de Mme de Rênal, l'un des personnages principaux du roman *Le Rouge et le Noir*. Qu'en pensez-vous ?

- À quels autres héros de la littérature peut-on comparer Fabrice ? Justifiez votre réponse.
- Le roman *La Chartreuse de Parme* a souvent été considéré comme un poème épique. Êtes-vous d'accord avec cette analyse ? Justifiez votre réponse.

Votre avis nous intéresse !
Laissez un commentaire sur le site de votre
librairie en ligne
et partagez vos coups de cœur sur les réseaux
sociaux !

POUR ALLER PLUS LOIN

ÉDITION DE RÉFÉRENCE

- STENDHAL, La Chartreuse de Parme, *édition augmentée et mise à jour*, Paris, Flammarion, coll. « GF » n° 1424, 2009.

ÉTUDES DE RÉFÉRENCE

- DE BALZAC H. (dir.), *La Revue parisienne. Juillet-septembre 1840*, Genève, Slatkine Reprints, 1840.

- DEL LITTO V., « Préface et commentaires », in STENDHAL, *La Chartreuse de Parme*, Le Livre de Poche, coll. « Les Classiques de Poche », 1983.

ADAPTATIONS

- *La Chartreuse de Parme*, opéra d'Henri Sauguet, sur un livret d'Armand Lunel et sous la direction de Philippe Gaubert, France, 1939.

- *La Chartreuse de Parme*, film de Christian-Jaque, avec Gérard Philipe, Renée Faure et Maria Casarès, France, 1948.

- *La Certosa di Parma*, téléfilm de Mauro Bolognini, avec Andrea Occhipinti, Pascale Reynaud et

Marthe Keller, Italie-France-Allemagne, 1982.

- *Jōnetsu no Baruserona*, comédie musicale de la Revue Takarazuka, Japon, 1982 et 2009.

- *La Chartreuse de Parme*, livre audio lu par Guillaume Gallienne, Paris, Éditions Thélème, 2008.

- *La Chartreuse de Parme*, téléfilm de Cinzia TH Torrini, avec Rodrigo Guirao Dìaz, Alessandra Mastronardi et Marie-Josée Croze, France-Italie, 2012.

- *Paruma no Souin – Utsukushiki Ai no Juujin –*, comédie musicale représentée par la Troupe Snow, Japon, 2014.

SUR LEPETITLITTÉRAIRE.FR

- Commentaire de texte sur la scène du bal de *Le Rouge et le Noir* de Stendhal.

- Fiche de lecture sur *Le Rouge et le Noir* de Stendhal.

- Fiche de lecture sur *Les Cenci* de Stendhal.

- Fiche de lecture sur *Vanina Vanini* de Stendhal.

DUMAS
• Les Trois
  Mousquetaires

ÉNARD
• Parlez-leur
  de batailles,
  de rois et
  d'éléphants

FERRARI
• Le Sermon sur la
  chute de Rome

FLAUBERT
• Madame Bovary

FRANK
• Journal
  d'Anne Frank

FRED VARGAS
• Pars vite et
  reviens tard

GARY
• La Vie devant soi

GAUDÉ
• La Mort du
  roi Tsongor
• Le Soleil des
  Scorta

GAUTIER
• La Morte
  amoureuse
• Le Capitaine
  Fracasse

GAVALDA
• 35 kilos d'espoir

GIDE
• Les
  Faux-Monnayeurs

GIONO
• Le Grand
  Troupeau
• Le Hussard
  sur le toit

GIRAUDOUX
• La guerre de
  Troie
  n'aura pas lieu

GOLDING
• Sa Majesté des
  Mouches

GRIMBERT
• Un secret

HEMINGWAY
• Le Vieil Homme
  et la Mer

HESSEL
• Indignez-vous !

HOMÈRE
• L'Odyssée

HUGO
• Le Dernier Jour
  d'un condamné
• Les Misérables
• Notre-Dame
  de Paris

HUXLEY
• Le Meilleur
  des mondes

IONESCO
• Rhinocéros
• La Cantatrice
  chauve

JARY
• Ubu roi

JENNI
• L'Art français
  de la guerre

JOFFO
• Un sac de billes

KAFKA
• La Métamorphose

KEROUAC
• Sur la route

KESSEL
• Le Lion

LARSSON
• Millenium 1. Les
  hommes qui
  n'aimaient pas
  les femmes

LE CLÉZIO
• Mondo

LEVI
• Si c'est un
  homme

LEVY
• Et si c'était vrai…

MAALOUF
• Léon l'Africain

MALRAUX
- La Condition humaine

MARIVAUX
- La Double Inconstance
- Le Jeu de l'amour et du hasard

MARTINEZ
- Du domaine des murmures

MAUPASSANT
- Boule de suif
- Le Horla
- Une vie

MAURIAC
- Le Nœud de vipères

MAURIAC
- Le Sagouin

MÉRIMÉE
- Tamango
- Colomba

MERLE
- La mort est mon métier

MOLIÈRE
- Le Misanthrope
- L'Avare
- Le Bourgeois gentilhomme

MONTAIGNE
- Essais

MORPURGO
- Le Roi Arthur

MUSSET
- Lorenzaccio

MUSSO
- Que serais-je sans toi ?

NOTHOMB
- Stupeur et Tremblements

ORWELL
- La Ferme des animaux
- 1984

PAGNOL
- La Gloire de mon père

PANCOL
- Les Yeux jaunes des crocodiles

PASCAL
- Pensées

PENNAC
- Au bonheur des ogres

POE
- La Chute de la maison Usher

PROUST
- Du côté de chez Swann

QUENEAU
- Zazie dans le métro

QUIGNARD
- Tous les matins du monde

RABELAIS
- Gargantua

RACINE
- Andromaque
- Britannicus
- Phèdre

ROUSSEAU
- Confessions

ROSTAND
- Cyrano de Bergerac

ROWLING
- Harry Potter à l'école des sorciers

SAINT-EXUPÉRY
- Le Petit Prince
- Vol de nuit

SARTRE
- Huis clos
- La Nausée
- Les Mouches

SCHLINK
- Le Liseur

SCHMITT
- La Part de l'autre
- Oscar et la Dame rose

SEPULVEDA
- Le Vieux qui lisait des romans d'amour

SHAKESPEARE
- Roméo et Juliette

SIMENON
- Le Chien jaune

STEEMAN
- L'Assassin habite au 21

STEINBECK
- Des souris et des hommes

STENDHAL
- Le Rouge et le Noir

STEVENSON
- L'Île au trésor

SÜSKIND
- Le Parfum

TOLSTOÏ
- Anna Karénine

TOURNIER
- Vendredi ou la Vie sauvage

TOUSSAINT
- Fuir

UHLMAN
- L'Ami retrouvé

VERNE
- Le Tour du monde en 80 jours
- Vingt mille lieues sous les mers
- Voyage au centre de la terre

VIAN
- L'Écume des jours

VOLTAIRE
- Candide

WELLS
- La Guerre des mondes

YOURCENAR
- Mémoires d'Hadrien

ZOLA
- Au bonheur des dames
- L'Assommoir
- Germinal

ZWEIG
- Le Joueur d'échecs

www.lepetitlitteraire.fr

ISBN version numérique : 978-2-8080-0768-9
ISBN version papier : 978-2-8080-0769-6
Dépôt légal : D/2017/12603/962

Avec la collaboration de Lucile Lhoste pour le personnage de Gina, les encadrés « Napoléon Bonaparte » et « *Le Rouge et le Noir* », ainsi que pour le chapitre « Une œuvre romantique ».

Conception numérique : Primento,
le partenaire numérique des éditeurs.

Ce titre a été réalisé avec le soutien de la Fédération Wallonie-Bruxelles, Service général des Lettres et du Livre.